蜀 籁 诗 丛

行走的森林

李自国　著

四川文艺出版社

图书在版编目（CIP）数据

行走的森林 / 李自国著. —成都：四川文艺出版社，
2017.4（2020.2重印）

（蜀籁诗丛）

ISBN 978-7-5411-4612-1

Ⅰ. ①行… Ⅱ. ①李… Ⅲ. ①诗集—中国—当代 Ⅳ.
①I227

中国版本图书馆CIP数据核字（2017）第058404号

XINGZOU DE SENLIN

行走的森林

李自国 著

责任编辑	程 川 余 岚
封面设计	叶 茂
内文设计	史小燕
责任校对	王 冉

出版发行　四川文艺出版社（成都市槐树街2号）

网　　址　www.scwys.com

电　　话　028-86259287（发行部）　028-86259303（编辑部）

传　　真　028-86259306

邮购地址　成都市槐树街2号四川文艺出版社邮购部　610031

印　　刷　三河市华东印刷有限公司

成品尺寸　142mm×210mm　　开　　本　32开

印　　张　6.25　　　　　　　字　　数　130千

版　　次　2017年4月第一版　印　　次　2020年2月第二次印刷

书　　号　ISBN 978-7-5411-4612-1

定　　价　30.00元

蜀籁诗丛

森林的命运之诗与诗人的生命之歌

——李自国诗集《行走的森林》序

叶延滨

　　李自国是我结识近三十年的诗友，三十年来，他从一个青年诗人成长为一名在诗坛卓有影响的优秀诗人，同时又是一直都在《星星》诗刊竭力为诗人们服务的好编家。读了李自国的这本诗稿，有机会谈谈李自国的诗歌创作，是件让我十分荣幸和高兴的事情。

　　李自国多年笔耕，写下了不少优秀诗作，在诗坛也产生了相当大的影响。李自国为人谦和低调，做事和写作都认真踏实，不事张扬。他先后获得第二届四川省文学奖、四川省第二届天府文学奖等，还获得由《人民文学》《星星》《诗歌报》《草原》《江南》《四川日报》及全国各地文联作协颁发的各种文学奖四十余次。他已出版《第三只眼睛》《告诉世界》《场——探索诗选》《大海的诞生》《遥向你的花季：配乐爱情诗朗诵盒带》《水洗的歌谣》《深埋记忆的挽歌》

《生命之盐》《西村诗话》《我的世界有过你》《回声四起的祖国》十一部作品。《行走的森林》是李自国第十二部诗集，这部诗集对于李自国也是一部非常重要的作品。

李自国少年辍学，曾长期在四川凉山自治州雷波森工局213林场以及川南腹地的龙贯山、青山岭等林场劳动。这是李自国重要的经历，谱就了他生命的底色。著名女诗人傅天琳也曾少年辍学，在那个特殊的年月，成为一名果园农工。果园姐妹傅天琳一生写下许多感人的好诗，我认为少年时期艰难的果园生活，森林和大自然给了她善良的天性，同时也让她在与大自然相处中，得到了天地赐予的灵性。我对森林是有感情的，对林场也非常了解。我在延安插队，离开农村后第一份工作，是在延安军马场当农工。延安军马场在我们去之前是一所林场——陕西富县任家台林场。我在这个林场里工作了一年，当过基层连队的农工，当过场部的保管员，在那个冰天雪地深山老林里，留下了我青春的梦想。成名后的李自国，重新回到他熟悉的林区，写他青春少年相伴的森林世界。也许这是一次回归，但他唱的不是归来的歌，他重新审视自己的青春，也审视他和我们曾经错误地对待森林："从木箱里翻遍你／213林场／几张秋天黄叶／又爬上须眉记忆／你是我青春的碑吗／这么些年过去了／依旧矗立在我的手迹里／岁月隔着远山／隔着流不动的水／／那年是森林的节日／林木向风／改变着自身方向／你说 你留下声音走吧／黎明伐倒黑夜／还得赶老远老远的路／香姑娘涉水而逝／父亲两行热泪／洒向终日垦荒的土地／我左手的断指／就这样埋掉斧头的历史／／日子打发得何其清贫／我将林分的密度／压进心底／负重而远行／从那只丢失的砍山鞋里／找回天空的位置／站在雪线下的木质烟囱／又开始做灵魂的深呼吸／登山的旧途／使我重放一次／步履艰辛的平生"，这首《我的断指留下你的记忆》，是解读这部诗集的钥匙，可以打开我们走进诗人内心的大门。青春与断指的暗示，斧头与森林的历史，离别与重返的心灵，都告诉我，这不只是一次回归，一次青春回放，更是一次主人公的转身和对森林生活的重新审视。

说到写森林的诗人，我们不能不提到傅仇。傅仇是四川优秀的诗人，早年深入林区，写了大量林业工人的诗篇，晚年的傅仇受严重肺气肿折磨，他那痛苦的身影，我至今难忘。但让我更遗憾痛苦的是，这位优秀的诗人几乎没有留下可以传世的作品，因为他一生都在写伐木者，他的诗就是"伐木声声"。时代会造就一个诗人，一个时代的错误也会湮灭一个原本优秀的诗人。他歌唱伐木和斧头，直到最后连气都喘不上来，他的歌声不能唱下去了。幸运的是傅天琳与森林的关系不是斧头与锯子，她在果园种树也收获诗与人生的果实。幸运的是李自国结束了斧头的历史，重新看待曾经相守相伴的森林与自己："他是老伐木工扔下的／一把沉默的斧头／为愚昧丛生的岁月所锈蚀／来不及回忆的森林呵／像匹烈马的狂啸／像所有古老的源头／带来星河的阵阵喧响／带来遥远的伐木声声／天空同树一起伐倒了／星星掉下来／林涛的歌谣掉下来／树脸的刀疤像咧开的嘴唇／嘲笑倒下的父亲依然是树／依然像树发芽像月光生满树根／他不愿再作父亲的墓碑了／他是伐木工的儿子／不愿过落叶的人生／望着那片冷色丛林那些先祖遗迹／他将举起吴刚伐桂的斧子／砍伐枯死的自己／复活天堂里的父亲"，李自国在这里完成了一个角色的转化，从"伐木者"，不是转化成傅天琳那样的种植者，而是转化成"森林人"，转化为森林家族的一个成员，与大森林同命运的大自然歌唱者！

这个角色的转变，有岁月和时代的影响，更是一个从大森林走出的少年，用一生的经历和体验所产生的奇迹。反思，追问，觉悟与心灵的透彻，让我们读到的是森林的命运之诗与诗人的生命之歌，那就是《众树的歌声》："残冬的积雪压过头顶／沿着一棵树走进去／那么多垂下双臂的女人／裹着清幽的松籁之音／使蓄满绿意的汉子／在山野之巅／不停地扭动着季节的风铃／／我将心事密植如林／又将浑身落叶轻轻扬起／怀抱一颗紫色魂灵／飞翔使森林多情又漫无边际／而朦胧鸟声留下来的春痕呵／从枝头伸出那么多歌曲手指／像眼前举起珍贵的礼品／轻拂我远在尘世的心／／喧嚣吧　紫罗兰　木犀草／连同萌动山野的众树之神／那些被寒风长时间接吻的粗唇／早该唱了　早该唱了／等待　已显得肤浅／丛林里已透现出光明／／何需弹拨月光的口弦／何需像撩开伤疤／又急急插入青瓶的歌女／只要是根忠实于泥土真实／就会有千万种声音伸向你／淌不尽的晨露和汗液／使一圈圈年轮记忆或清晰／当春阳已使用不同的叶绿素组成／来自生命深处的天籁之声呵／自众树的一个个舞蹈中／聚集着在阔叶上奔波的人群"，这是一首非常值得细读的好诗，这是一个诗人用自己一生的觉悟，为大森林献上的欢乐之歌。当人们为诗坛充斥着卑琐低俗的鸡零狗碎及其碎片化的小资情调而沮丧时，读到这样气宇轩昂的好诗，实在让人高兴。这是对大自然的礼赞，森林中的万物都是美的化身。这是诗歌精神的张扬，诗人以关爱和真诚的歌唱呼唤人性与自然和谐。这是诗人内心阳光与自然色谱的互相辉映，敞亮的意象和宽阔的气场呈现森林自然之大美。这也是人类大爱之心在诗人笔下的复苏，整首诗充满激动人心的旋律和丰富的意象！

有了这样的华丽转身，曾经在苦难中与森林相厮守的少年，成为这座森林的歌者和代言人。与此同时，森林所有的生命力源和灵性气场，也赋予诗人新的视野和灵感的泉眼。诗人重新用树林《抽枝的语言》说话："穿越森林腹地／万象的脸浮现我眼前／我还能生根还能让脚趾发芽吗／一种令人困惑与超越的飞翔于林中／如同记忆的声响／遍及脑海的湖面……／无声的语言无形的语言无秽的语言／我从艾略特巨木似的语言中学会真善／我从聂鲁达充满汁液的语言中汲取智慧／我从惠特曼《草叶集》的语言中／学会爱人类爱自己／也爱活生生的自然"，这就是诗歌精神的源头，这也让李自国找到了从惠特曼到聂鲁达、艾略特的精神之路，一种充满善良和高尚气息的诗歌精神。没有这样的精神，只是在语言上进行技术和革新，让我们在诗坛看到了许多聪明的诗歌匠人，却听不到启迪灵魂的缪斯的声音。李自国的身份转变，也是灵魂的升华与涅槃。与森林一体，也就有了新的视野和新的思想。人生的道路，不仅仅是印在地上的足迹，还可以像鸟儿一样飞入《鸟道》："你的枝条／是一条狭窄的鸟道／芒刺伸过来　世界已经弥漫／鸟清楚落叶下山的时候／脱落的羽毛在你头顶啼叫／／飞翔的姿态／是鸟翅擦破苍天的感叹／鲜血流出来／红太阳躲在一边／鸟的位置／该留给发怒的森林了／看见东方红得动人／枯藤四面逃窜／／世界像一株待伐的橡树／挂在树上的小屋／惧怕攀缘又怕黑暗／一声金质鸟叫／将人蹉跎成冷箭／鸟语是盾牌／布满血迹的人道／从天空里站起来"。当诗人在鸟道上飞翔的时候，诗人有了更为高远而辽阔的视野，世界不再和以前一样了，曾经认为理所当然的猎捕行为和充满血迹的故事，让我们惊醒。同样当诗人成为森林家族一员的时候，诗人的头脑不再只属于一个行走的人体，他像高高的云杉那样，极目天地万物，他的头脑也思考着《云树之思》："森林沉思的时候／我不再有思想／树呵　你的伟岸你的常青／所有森林王国的典故／都被你记载被你的灵性／复述给粗野的山风听／／林海深处的鱼儿游弋／绿色的波涛翻山而来／越岭而去　一次振翅／林间就有飞翔的灵魂／紫色鸟催开的黎明中／啁啾的日子在滴血／／忘掉斧子的愚昧／忘掉最后一声枪响吧／三百六十五个绿月亮／已从树的年轮里升起／从我们头顶升起／伴随祖先的图腾”，这是诗人的新思想，也是诗歌精神的又一次回归。在不算漫长的诗歌历史中，与自然结伴而行，是诗歌保持茂繁生命的秘诀，同时，也是诗歌不断吐蕊、发芽、抽枝而长成参天大树的生命原动力。

当李自国回归森林，为林间的所有生灵歌唱的时候，他也回归了先贤的诗歌道路，重新展示诗歌的人文精神，比方说竹，就是中国文人的生命符号，在李自国笔下又一次呈现风采："从古诗里探出头来／以高风亮节自居／现代人写诗常因砍竹子遇节／竹在千里心在竹下／无诗可写才疯狂吻你洁身自好的童养媳／／其实山风也有熠熠生辉的眼睛／既是衣带渐宽终不悔隐士隐居篱笆内／一片悠哉游哉的竹叶缤纷／也能占卜满朝落叶的历史／／朋友们爱跟你开玩笑／爱拉扯住房　老婆　就业／五斗米折腰之类的话题／面对一座假山公园一盆塑料竹／又会节外生枝一串串／嘴尖皮厚的情绪"，自然与尘世，传统与现实，文人风骨与俗事无奈，在亦庄亦谐的诗行中，次第出场。如何处理山水自然的高雅与尘世俗事的琐碎零乱，这确实是当下诗人们面临的课题，那些津津乐道于展示卑鄙、低贱、丑恶、残忍所产生痛感刺激的写作者，他们真的离诗歌越来越远了。正因为如此，李自国森林命运之诗和诗人自身的生命之歌的二重奏，是十分值得关注和肯定的努力！

"三更既过　古人打着灯笼上路／总是担忧仕途坎坷／怕

丢在启明星身后／其实更古更古的人／还在月亮里睡懒觉／过去一些时候／街上已没有古人／怀才不遇的现代树围过来／自流动的更声里寻到了什么／古人消失之前／从捻胡须的矜持中／又像悟出些什么／古人的头很快从月亮里缩回来了／即使古人把胡须捻白了／也没有把它数清过／现代人却在寻发根与脚跟的时候／丢了自己的手脚"，这首《寻根梦》和开篇的"断指"互相呼应，让我们进一步理解诗人寻找生命之根与诗歌之根的苦心与真诚。这种努力使诗人在繁荣而混沌的当下诗歌写作中找到一条回归之路，在回归自然与森林的同时，找到诗歌精神的源泉。诗人写作的姿态难能可贵，诗人真诚地面对大森林给人们的启示更有现实的意义，诗人呼唤诗歌精神之笔，也写下了闪烁人文情怀的佳作，我感到诗人正在更加开放和高远的视野里，寻找新的生命高度！

祝贺诗人，也希望看到诗人更多的佳作问世。

是为序。

2017年元旦

叶延滨，当代诗人、散文杂文家、批评家，现任中国作家协会诗歌委员会主任，中国作家协会全国委员会名誉委员。

曾先后任《星星》主编及《诗刊》主编。迄今已出版个人文学专著47部，作品自1980年以来先后被收入了国内外500余种选集以及大学、中学课本。部分作品被译为英、法、俄、意、德、日、韩、罗马尼亚、波兰、马其顿文字。作品曾先后获中国作家协会优秀中青年诗人诗歌奖，中国作家协会第三届新诗集奖（1985年——1986年），以及四川文学奖、十月文学奖、青年文学奖等50余种文学奖。

目录

第二辑　鸟翅擦破苍天的感叹

第三辑　我在封山育林区写诗

第四辑　森森花雨或过往马蹄

第一辑　阔叶上奔波的人群

新鲜的世界就此展开

二月的林子和我心境一起
渐渐郁闭
阔叶绿爬上山冈
步态轻灵
这时的果园姐妹蓄满柔情
期待你的照临

一年的故事从手上开始了
刺柏与指端连在一起
信念与藤条缠绕一起
日夜变幻出山神之造型
这是护林仔的民谣
行至一株株茶树
荡起姐妹们的倦美
仿佛经历太多夜露朝花
捕云捉月都茫茫

间伐后的心境

如草尖挂满水晶般的情人

人人身上都带一股清新

惹一路花香

打枝完的思绪

萌发出夜莺渐次飞翔

剩下这个采梦的篮子哟

漫涨一派林涛起伏的声音

那条手臂是我誓言的部分

不愿再想起什么
那条手臂
那条森林的手臂
是我誓言的一部分
有落山的鸟儿
出入其中
将猎人的眼睛幻作梦境
又被自身的影子击碎

四月的枪声渐渐逼近
那条誓言的手臂
是大自然最美妙的形式
林涛歇过脚
篝火点过灯
而我仅仅是活动的软笔
不舍昼夜
延伸它的影子
原始而棱角分明

不知哪片羽毛插入血液

断臂的誓语

拎不回群山的跫音

我将举起双腿

支撑整座森林和大地

我重新经历你的飞翔

晨露后　我感到一阵惊颤
鸟儿的步履踩在草叶上
吱吱作响
淡下去的云被日光焚烧
那远山的青紫和果香
那些季节轮回的民谣
长出一对对碧绿翅膀

我想起城角就在天边
做节日的飞翔
世人的鸟
翻过应有的山
在我们努力生活的树上
从未惊散雨雾　落虹与飞霞
唯身后那条森冷鸟枪
站在神秘的咒语里
怀恨旧有天空的鸣响

回忆是株无根之树

山谷流动的线条

让云朵记住果核的啼唱

当呢喃的去处开朵滴血窗花

这扑棱棱的思想

在我们翕动之后

竟是两座森林的闪亮

往日的花朵寻着风声奔来

守候在过往的风景里
你这林区少女
是一串四季常青的灌木群
山风吹绿了　香留大地
鸟儿的歌唱在你嘴里抒情

我多想是一片静静的叶子
插进春天里　默默注视
你傲然开放的过程
生命连着枝丫
树脂和爱情都是没有声音的温馨

相对于脸庞下那根蓝色脉管
鼓动着母亲们的血液
来自泥脚的是你
去自芬芳的是你
我亲吻了往日里的一切
缤纷落红滞留着今生初唇

如果你寻着风声奔来

悄然无形的过程

包含丝丝虫吟

只需一次热烈花期

我的绿色紧身衣

又将缔结一枚真情依依的果实

我的断指埋掉你的记忆

从木箱里翻遍你

213林场

几张秋天黄叶

又爬上须眉记忆

你是我青春的碑吗

这么些年过去了

依旧矗立在我的手迹里

岁月隔着远山

隔着流不动的水

那年是森林的节日

林木向风

改变着自身方向

你说　你留下声音走吧

黎明伐倒黑夜

还得赶老远老远的路

香姑娘涉水而逝

父亲两行热泪

洒向终日垦荒的土地
我左手的断指
就这样埋掉斧头的历史

日子打发得何其清贫
我将林分的密度
压进心底
负重而远行
从那只丢失的砍山鞋里
找回天空的位置
站在雪线下的木质烟囱
又开始做灵魂的深呼吸
登山的旧途
使我重放一次
步履艰辛的平生

让含泪的枝头啼醒每一个早晨

初缘起时
夜如汹涌的潮汐
淹没亘古沉思的丛林
毕生等待　全在这一瞬呵
变得如此寂静如此深沉

林区的夜是醒着的了
大山像熟睡的果子
林涛打着鼾声　山泉打着鼾声
失眠的啄木鸟
偷袭三三两两帐篷
啄破那些藏进猎枪筒里的梦境

他是山的父亲又是树的魂儿
夕阳如坠时　他灌醉了痛苦的往事
然后像棵饱经风霜的榆树
留给林子一个长长剪影
守护蛇的脚印鸟的低吟

酒醒了　灌醉的夜也醒了
向着夸父逐日的方向
朝着记忆萌动的桃林
他要拾回那片轰然倒地的伐木声
将灵魂将鸟语藏入窝棚里
让含泪的枝头啼醒每一个早晨

当你尽情将我点播时

我受孕于三月

三月是植树的季节

情人们上山　种子落地

一种繁衍和发育的使命

带领我走出门外

走进一个陌生的家

幸运的人呵　劳作的农具

当你尽情将我点播

不要忘记我内核贮存过的太阳

不要误会　我不是春天的过客

赐我以永恒的色彩吧

我用一生代价

　　守候这片土地

绿色的梦做了千年

千年仍无结局　可是今夜

在神农的脚窝里偷偷睡去

一场暴雨　就会脱去我的胎衣

留下你的寄托你收获的喜悦

在土地最深最板结的地方
　　做你的孝子

某一天学会飞翔
学会走路　缩短树与树的间距
一层层植被从我头顶铺开
复活的森林打着旗语
那时　我们敢于无愧地说吗
　　心　已交给大自然的法则

来不及回忆的森林呵

他是老伐木工扔下的
　　　一把沉默的斧头
为愚昧丛生的岁月所锈蚀
来不及回忆的森林呵
像匹烈马的狂啸
像所有古老的源头
　　　带来星河的阵阵喧响
　　　带来遥远的伐木声声

天空同树一起伐倒了
星星掉下来
林涛的歌谣掉下来
树脸的刀疤像咧开的嘴唇
嘲笑倒下的父亲依然是树
依然像树发芽像月光生满树根

他不愿再作父亲的墓碑了
他是伐木工的儿子

不愿过落叶的人生
望着那片冷色丛林那些先祖遗迹
他将举起吴刚伐桂的斧子
砍伐枯死的自己
复活天堂里的父亲

葬礼，在深山里举行

一只苍鹰陨落了
鹧鸪以悲哀的管弦乐唤醒昏睡的山林
哽咽的雷声里　黑云流泪了
没有性别的老北风
刮去男人的粗野女人的柔情
整个世界　垂下了森林的手臂

他是在百伐战争中
被一群野蛮和愚昧伐倒的
想以叶落归根的创举
覆盖岁月的荒凉人心的空白
唤醒这部世世代代遗传的生物链上
还在拆散还在毁灭它的人们

他是黑森林的种子
森林档案袋却没装进他的姓名
只有善于编造野史的枝丫铭记着
那场造林运动送走那么多历史过客

竟夺去一颗高昂的头颅飞翔的灵魂

终于　山洞的杉皮屋倾斜了
鹫鹰破译了一双双鹰翅扇动的眼神
于是　经雀鸟国会反复商定
葬礼　在年年三月十二①里举行

---

① 三月十二日为植树节。

醒来吧！森林

夜深人静时
一座瘦瘦的森林
走进我的屋子
我濡养你
血液和汗水流进树根
我随阔叶一道呼吸

每棵树　都有自己的表情
每个表情　都是对生存与死亡的选择
你色泽乌黑　黑葡萄的眼睛
　　藏满诱人的魅力
什么时候了　我如一只青鸟
在你身上栖息
无法破译的鸟语啊
　　带来另一座森林的回忆

当然现在不是睡魔的季节
远村的绿房子

邀我去白熊猫家做客
走在藤条缠绕的脊背
树叶在我眼里摇曳
星月在你身上轮回
迷恋的大自然哟　你的染色体
　　染绿了一个童话的秘密

树枝留下梦与梦的长吻

丛林深处
树木是裸体的
黄昏衔着破碎鸟语来临
绿化的我却在她手心里睡去
　　睡进这片幽暗的洞穴里

旧时　她是我被窝里的鸟儿
涨满欲念的鼻翅儿　扇动过
　　松脂的异香与泪液
当渴望瘦成一棵树
待伐的年龄　她呼吸沉重
人性的眼睛穿越树群的冤魂
梦的出路在哪里　在哪里呵
难道她被黑夜
　　抛进我潜意识的深井
难道悬崖离生存和死亡
　　有相生相克的距离

她私奔出这片墓地
裸体的树枝留下梦与梦的长吻
这时我走出树心走出一圈圈年轮
感觉毛发一样生长的处女林
满山遗弃的松果
　　　使我找到一双欲望的嘴唇

望不穿的赤桦林

我不敢　不敢见你
只能从门缝　掂量
树与树的距离
真想破门而入
走进你的眼睛　又怕踩伤
踩伤你眼眶外的风景

书页之门树叶之门欲望之门
都是上帝的误会吗　造出两张
　　　黄肤色的脸皮
关住心灵那片发芽的初雪
　　　柴屋下扬花挂果的梦语
唯有朦胧的北极星
让你长袖里揣走的道路
牵住我十七八岁的风雨
终于　你平静地去了
平静地留下一排排
　　　被火舌舔光的牙齿

我聚光的瞳仁　从歪斜的门缝
　　　留下一件血色的风衣
但我仍要以植树鸟的心
　　　去望穿你的童年你的岁月
　　　也望穿被门缝挤窄的桦林
然后　关上我目光的大门
把你牢牢锁进我的
　　　两间小黑屋里

喧哗的大树

你是苦难塑造的形象吗
古铜色的皮肤烙下太阳的原型雷击的黄昏
以树冠的不变　　预示宇宙的永恒

那个黑色的山洞呢　　你的祖先栖息过那里
风声涛声鹿鸣鸟啼自远古轰然而来
你在洞口竖面碎裂的绿旗
遮羞的树叶变成一张张陌生的脸
为什么至今还有人贪婪地剥走你的皮
千疮百孔的树洞充满兽迹斑斑的死亡
　　充满人迹斑斑的抗争

又一阵山洪之后　　相隔一千年
　　　　　　　　相距一千里
你依然站在历史的窟窿里缄默
等待胸腔包容整座莽原
等待眼圈流出如水的柔意
再下山去　再　下　山　去

可你没有家山外没有你的栖居之地

每天每天你必须背叛自己

　　空守这盏松油灯

静候黎明那美妙的瞬间

静候鸟语与林涛对话　人与树对话

　　让苍白的大山　找到升华的钥匙

多么古老的生命哟　为什么还要顽强生长呢

万古不变的太阳早已死去　早已死去

一切希望之树遍地生根

　　根与根部奔流你绿色的血液

于是植树鸟衔着颂歌飞来又飞去

青筋暴露的山脉从结局走向开始

积雨云用葱郁的长发覆盖你又毁灭你

唯有无形之手捧起代代相传的松籽

以销魂落魄的神秘　揭示生命的永恒

美人松和古典理想中的美

发现你的时候
躺在长白山的媚眼里
赤裸身体　丢了你的手臂
是因爱情不幸而私奔
还是你的美　遭到山里人记恨
总之古老的冬天出卖了你
商人把你当成赚钱的玩具
雕塑家用你复制出美的标本
每遇双双砍伐的目光
便在供奉与嘲弄中渐渐老去

或许都因这是难以企及的
　　古典理想中的美吧
我才敢从地上拾起你的断臂
走进现实　悲剧又全在这里
你伤痕累累的躯体
　　载着二十一世纪的不安灵魂
向着这片光秃秃的世界
　　默默流泪

森林母亲和一棵树的回忆

真不忍心你颓然老去
留下满目青山满腹果子
留下一撇一捺的"人"字刀痕

少年时曾在你伞下乘凉
遥指你为三千岁的黑发母亲
长大后我们出远门
踩着你的落叶去造山
山上发芽开花的象形文
竟不能为你展示一片绿色的意境

后来听说你一天天枯萎
裸露于地面的球根挣扎过苍老日子
树腹上的千疮百孔
住满风住满雨住满狰狞的黑夜
你高大的身躯背后
有座荒原像野兽般注视你

多少次了　我心灵深处的呼叫
已在地底结出苦涩果实
而你茫茫飞雪里摇曳的手臂
还在召唤我回来吗
于今季候风南归
我真的回到你家门
在你身旁站成一脉青山
然后　吐出胸中森林

　　还　你

埋葬我的绿房子已经修好

背负暗箭的小鸟
叽叽喳喳
你在树上议论我些什么

真想攀上树梢
跟小鸟说一句话
告诉你
我也是一只被火枪追逐的鸟

疲惫的我
拖着黎明和子夜两只翅膀
满窗的眼睛　耳朵和嚼不烂的舌头
经历一部魔幻小说的流浪

弃尸般的种子
遍地抛洒
哪里发芽哪里就是我的家
我家的森林里

筑着小鸟的巢

七八个兄弟

窥探我这颗滴血的心脏

在森林档案里我加入你的行列

会说话的枝头

不再有聒噪的颂歌了

你的不幸

人类的不幸陡涨我叛逆的血潮

小小的救世主哟

你灵魂扇动的羽毛

叫我在这个苍老的城市

学会超低空飞翔

树，使土地富有的节奏

穿过无数荫凉无数圣诞的

老人哟　不要留下风的形象

不要把影子留给太阳

那样会使你如迟钝的根芽

不要成为母亲床前的月光

不要折断行云的翅膀

不要呵　不要忽视季节的远方

青春的同胞正在你血肉里芬芳

花萼上是你的豆蔻年华

但泥土里的生长　开不败的花

是通往春天的一只鸟

而从你至高长裙下展露的

是让爱也萌发一段浓荫的树

匆匆岁月中　我们从容得近乎坦荡

却怀念千年铁树开花的那一种

它使我们坚强　并且镇定自若

一生里最古老最单纯的信仰

缘于遗忘了的不知功名的树呵

连同舟　开出水的形状
连同木犁　开出耕耘者的形状
连同形形色色的梦的形状吧
沉醉的金果都将被深秋照亮

这已是骑手们立足套马杆的地方
这已是森林需要树木的季节
我将还原成你的胸怀甚至母爱
离离家园摇曳出永恒的音符
一如当初途经的那些许诺
以至用一种发型就能变换青春的树哟
不要把青虫当作创造的材料
不要哈一口气就认定是风的手掌
我把绵绵雪崩注入杯中
借助心形的宇宙
不使花果幻想或坠落
阳光在我肤色里换了几代种子
我拂动你孜孜以求的旌幡
面对无穷而有限的苍穹
根络却使土地深厚而富有一种节奏

小鸟喳喳

蹦蹦跳的小鸟
咯咯笑的小鸟
你找回留在记忆中的那片林吗
忧郁的琴拍打着风声
歌喉随飘香的阔叶张开
新奇节奏已使绿色变成偌大音域
山川悠悠　荒野的羊们
归栏时满载你明澈的寄语
那三三两两在梦中晃动的山民
就是你多情的知音了
长夜漫漫的等待中孩子就要出生
你成全了一个善良母亲的愿望
将巢筑进她手心手背
冥想里有你摇篮曲的快乐或纯真
林子外边　茫然的眼神里
也有小鸟们的世界
那是另一种鸟
储满贵族身份的羽毛

金银铜币和温柔的杀伤

都是一个个难以自拔的陷阱

靠词语构筑的巢多么苍白

而在森林　鸟就是象征

大人和小孩都学会飞翔　栖息

即便挥动沉重的泪

也要在太阳透明的帐子里

让凝聚的热力陡长成树的姿势

扑棱棱的小鸟呵

谱着民间谣曲的小鸟呵

在我为你写下这些诗句

想起飞土逐肉的先民

真不敢抬起头来

打量我居住的这片夜色

你使用世界共同的母语

吱喳一声　竟沙哑了我一生嗓子

护林人的奇葩

如同这枝叶间赞美的阳光
我们美好的手指总是触木而响
细数往事多少年了
那座云里集结的小木屋
早该圆成妻子的梦了
早该孵出孩儿的歌了
途经的飘落是孤帆　是酒盅
抑或是这把长柄斧子磨损的残掌
但他却深知
纤弱岁月反被岁月迷惘
一张使用柴垛堆砌的板床
已容纳不下太多迟眸的泪花
而当年山脚下叠涌过他的麦浪呢
为何垦荒的种子只认识上山的路
恩恩怨怨还有多少未尽烛光
护林人的奇葩呵　此刻
正在缺氧的高山夜晚开放

不会轻易启齿的母亲们　赞美吧

如同赞美他滞留大地的这段荫凉

远离亲情和月亮的朗照已久

才将他峻岭的思想反复擦亮

人生中最宝贵的三部曲

都被他进山的胡髭飘成松涛上的骏马

孤独吗　春天里有花和蝴蝶们的约会

苍老吗　种子园有他青苗长驻的年华

天空年年翻动的脸庞

饱经风霜却走到更远的地方

就连趾掌里散发出的泥土牛粪草香

成年累月我不敢迈开的双脚

掬一捧泉水换换衷肠

煮一锅山楂蘑菇就不再饿了

此刻护林人的奇葩呵

正在他裸露的胸膛飞奔一朵蹄花

采香人

已是午后的林地
整个峡谷依旧漫长的静谧
你衔着一串冷香草走来
从秋阳撼人的逼视里
篮子收起了温柔的背影
因为步履蹒跚而目光如水
你把枝蔓思绪采尽时
收容万物之心
还有种子　还有精神
还有你灵芝中的万古芳菲
如同刺破的手指鲜艳夺人

从前的日子像山民移动牛群
凝滞的光阴从你眼眶里
又将摸索一串感恩泪水
走进春天的花朵　如走进内心
无声的召唤更像一种久违的爱情
青青四野　你首先想到了

挂在树上的红果象征嘴唇

并带着你的体温注入河流

我猛然看见树枝折断了水的情节

使你　终日保留鱼的记忆

重新回到香水瓶里

散发一圈圈古典之韵的气味儿

深植于崇山峻岭而

不失一种内涵的采香女呵

荃菅采采　采采荃菅

谁是你最后栖身的篮子

谁在那永不褪色的山林中

又是如何成为蜀南一枝

花期最长而香味十足的淑女

众树的歌声

残冬的积雪压过头顶
沿着一棵树走进去
那么多垂下双臂的女人
裹着清幽的松籁之音
使蓄满绿意的汉子
在山野之巅
不停地扭动着季节的风铃

我将心事密植如林
又将浑身落叶轻轻扬起
怀抱一颗紫色魂灵
飞翔使森林多情又漫无边际
而朦胧鸟声留下来的春痕呵
从枝头伸出那么多歌曲手指
像眼前举起珍贵的礼品
轻拂我远在尘世的心

喧嚣吧　紫罗兰　木犀草

连同萌动山野的众树之神
那些被寒风长时间接吻的粗唇
早该唱了　早该唱了
等待　已显得肤浅
丛林里已透现出光明

何需弹拨月光的口弦
何需像撩开伤疤
又急急插入青瓶的歌女
只要是根忠实于泥土真实
就会有千万种声音伸向你
淌不尽的晨露和汗液
使一圈圈年轮记忆或清晰
当春阳已使用不同的叶绿素组成
来自生命深处的天籁之声呵
自众树的一个个舞蹈中
聚集着在阔叶上奔波的人群

第二辑　鸟翅擦破苍天的感叹

森林人

1

一目目乜视你

长久的企及灌注你球根

大地吮干时　循环不息的山脉

流走我们的眼泪和爱情

原来那个生长噩梦的枝头

在你涛声里　往事错节

我要剥开你的记忆之皮

让枯萎的弃杖为林

2

迷失于这沉沉的夜

我被你围困千年

落叶堆积的岁月　从你身旁

撼动日月轮回的影子

——风干后　享受孤独的原色

经过树木成林的唇边

我的举止不再衰老万分

箴言发现谁的锯齿

自你怀抱里驰过　愚昧

是一具不滴血的刀刃　什么时候

我能将伐木者扔下的足迹

全部收回　带领美丽而纯情的种子

从你掌心辐射的纹路　直播进玉指

3

你一步步向我走来

占有我的呼吸和脸上的皱纹

我的世界是你唯一居民

合上环顾后的四野

真想痛哭一场　或嘲笑一生

我是这样怯弱于你的缕缕伤痕

在尘世与噪音之间　踽踽搜寻

而你不朽的年轮　绿化我

潜入林海深处　如果有落日

鸟儿飞溅的浪花

是我寻寻觅觅的眼睛

4

风　逃遁于四身

在你绿房子里结局一片降雨云

假如你的灵魂不曾干渴　请淋湿我

胴体上的毛孔已是茂密松林

那些滴绿的孩子　弹丸如雨

筑巢为坟　鸟有鸟的弧线

树的高度　布满心灵的经纬

允许我充满绿意的童话　拽住你

便拽住一种向上生长的命运

灵魂脱落的羽毛　在仿佛的枝条间

足够领悟熙熙攘攘的人生

5

远山消逝　苍月陨落

涉足林区的光芒　一泻千里

洗涤百年前那个夜晚的悲怆

嶙峋的山魂带着生存的喘息

围困我们　世界倾斜

如一团走散的桦林

僵直地站在我的预言里

面壁你睫毛下出没的气息

人　像注脚黑森林的符号

终身维系浮云下的紫色精灵

6

知道生命的颂辞被候鸟叼去

死亡目睹了森林还在晚照前释罪

原始路标刻进胸柄　做幽深忏悔

猎物掉头而来　无数世纪的主题

在我枪筒里转来转去　你已不是你

眉飞的眼泪　洒进植被

在将来　是你晶莹而又坚贞的情侣

唱尽祷歌的喉咙　像一个树洞

隐藏千名死者的姓名

7

经历太多长夜　地狱的隐居

使我学会啃噬自己冥想的病体

我要循着你的声色走下去

窗外的星辰启示过黎明　我的感应

让面孔和心壁从不隔离

到达目的地的理由　如生物钟

准时唤醒　我便在此刻无根无序

沉醉的人群上山了　生态迷离

我掩饰母体的孕育

成熟一颗叛逆而猩红的种子

8

滑翔于幽幽梦境

树妖涌动我底根的秘密

阴阴阳阳　生生死死

岁颂者的木耳充斥永久呻吟

我是一个习惯夜行的俗人

时光流空后　才深知你的恩赐

是那个被压抑的吻　像果实苦涩

滚进动物的类群　两路口连接我们

人迹　兽迹　融为一体

此起彼伏的森林呵

一旦鼾声如雷　我们来了

在你高处　将辗转于树族之林

9

天空审视我们

森林与鸟禽审视我们

困惑的幻象旋转出时间之河

植被的胡须丛生不已

我无法举足前行

无地自容　无家可归

命运被摒弃　升华一把无锁的钥匙

未启之门永存我们身上

久无结局的企盼充盈昨夜

岁月下沉　到处都是欲飞的翼翅

到处都是森林色染绿的追怀和躯体

抽枝的语言

住进深山住进森林的摇篮
我仿佛回到从前
回到祖先从树上下来的
　　那段最初日子
回到一个时代——人的时代

没有鸽翅的城市是悲哀的
积满星星的头颅
作为黑眼睛黑森林的注脚
作为生存与死亡的全部呈现
既然从虚无的荒原中走来
又将回到这片虚无点缀过的境界

穿越森林行走的腹地
万象的脸浮现我眼前
我还能生根还能让脚趾发芽吗
一种令人困惑与超越的飞翔于林中
如同记忆的声响

遍及脑海的湖面……
无声的语言无形的语言无秽的语言
我从艾略特巨木似的语言中学会真善
我从聂鲁达充满汁液的语言中汲取智慧
我从惠特曼《草叶集》的语言中
　　学会爱人类爱自己
　　也爱活生生的自然

鸟　道

你的枝条
是一条狭窄的鸟道
芒刺伸过来
世界已经弥漫
鸟清楚落叶下山的时候
脱落的羽毛在你头顶啼叫

飞翔的姿态
是鸟翅擦破苍天的感叹
鲜血流出来
红太阳躲在一边
鸟的位置
该留给发怒的森林了
看见东方红得动人
枯藤四面逃窜

世界像一株待伐的橡树
挂在树上的小屋

惧怕攀缘又怕黑暗
一声金质鸟叫
将人蹉跎成冷箭
鸟语是盾牌
布满血迹的人道
从天空里站起来

狼　孩

你属于迷失的森林
属于那个翠绿的童话
属于挂在树梢上孤零零的月亮
守候远方的妈妈
守候下山去再没有回来的妈妈
用一张小镇大的手帕
给你包回当年来不及说的悄悄话
父亲站在一棵老榕树下
夜夜将你透明的背影
缩短又拉长　从黄昏到黎明
直到月亮里的妈妈
开始古老又年轻的独唱
那歌声来自另一座山冈
来自一个孩子生到世上
就没见过的一张善良的脸庞
当学会大森林的民谣
你把凝固的目光
交给父亲的猎枪

去捕获一只母狼
一只同父亲睡在一起的母狼
尽管这一切都是幻想
但你相信它来自大自然的神秘力量

流泪的树

深山里一棵寂寞的树
被山外的色彩诱惑
挤出一个缠绵的花期

当她第一次用枝丫感受阳光
向大自然袒露她的美
却被一个粗野的男人伐倒了
很快山里山外的谣言
悄悄把它埋没

她被伐倒的地方
是她母亲被流言吊死的那棵树下
从此，挂满忧伤的树桩
抱着头整整哭了一冬

她是一粒风暴的种子吗
树桩上的那滴泪珠
又从春神的掌心里抽出芽来

抽出一棵长满眼睛的树

听说当年出走当和尚的青年又回来了
但黑森林里仍然有一个鬼的传说
于是，山村里再也没有一个男人
敢去砍伐那片处女林了

森林之死

道路尽头　我们相遇
眼睛碰撞眼睛
所有树木的控诉
都是不期而遇的情节

立一块树碑吧　假如死亡
　　　能从活着开始
好好地镌刻你的名字
我的名字　让山山水水读我们
读伤痕累累的肢体
读一个国王怎样被赶下山的故事

木板房剩下唯一风景
流泻的目光载着我们走进城市
狂沙的悼词　老树的遗恨
风吹的方向就是树站的方向吗
命运的方向就是松涛的方向吗
人类呵　鸟类呵　树类呵

纵有千言　也是没有话语的海洋
这是九月的最后一夜
只有一块树碑
为你作证　夜路为你作证
愤怒的森林呵　假如
上苍容许我们再一次相见
能否让我的心在你枝头

　　再绿一次

植　被

睡进你的被窝里
给越来越多的天空和城市
孵一个绿色的梦

年年月月　我们就这样
　　　想象着你呼唤着你
星星落进土地　像你的根须
扎进我们的发丛
　　　生长常青的记忆
当森林这样诞生的时候
绿色　萌动了我们的青春和爱情
　　　繁衍了大自然的一代代儿女

夜夜风沙吹来时
你如一面覆盖山野的旗
人类　便是嵌进绿色的星
旗帜下　我们相依为命
结伴而行　嬉戏的月光

从你的头顶　　滑向我的头顶
大山默默无语　　树林脉脉含情
生命的低音区　　震荡出
　　销魂的和弦　　起伏的山岭
于是　　群山因你而年轻
　　你因群山而永恒

父 亲

你把树的影子留给我

渐渐远去　山风带走你的嘱咐

落叶迷乱了离离的星河

多少岁月失落了　心中依然是

远离林子的感觉

一次心悸一回灵魂的颤动

呼唤我栖息你的枝头

向你倾吐心事

或是采回不该陨落的野果

你是一棵过早佝偻的树

父亲是你

母亲是你

被你放走的笼中小鸟

却是我　你的前面是秋

年轻时爷爷就说过

我们都是捕获秋天的好猎手

冬的私语从树梢上滑过

你用宽厚的影子护卫我

在深邃的天空　为了赶路

我不得不匆匆飞走

当地上有暗箭射来

当夜色覆盖我的额头

我留给大森林的人字剪影里

有你生命不朽的潜流

马尾松

松针上悬挂的夕阳
完成绝望的坠毁
云与号角远去　受伤的战马
卧成一匹青山　不驯的马尾里
　　长出乌黑发亮的松林

山的协奏曲已经开始
百年前金戈铁马的地方
有松鼠赶来候鸟赶来昆虫赶来
震颤的松针鸣响风琴
这是阳光的声音生命的声音
落叶的声音战马饮水的声音呵

我是一只被窝里的鸟儿
从很远很远的城市鸟笼飞来的
来这里学马咀嚼生活
学风举起开山的锄头
　　开垦自己收获自己

夜夜扛起生锈的长枪
保护这匹受伤的战马

这是深山的又一个黎明呵
上帝赋予大自然的最后一声马铃
年年期盼落叶积满鬓间的愁云
这是从血泪纵横的蹄窝里
射向蓝天射向苍茫世纪的一片
再——生——之——林

种子园情思

还认识我吗　林妹妹
我就是山脚下那朵黛色的云
如今我飘飞的长发
蜷曲在你柔软的腰肢里
看见你那么多双眼皮眼睛
流下颗颗绿色的泪水
我的心早已碎了
碎成一只受伤的鸟儿
　　　在你高高树下喘息

告许我　林妹妹
是哪个狠心男子欺负你
留下满树伤痕
折断你渴望的手臂
使我无枝可栖无路可寻
我是为你而来为你而去的呀
种子园曾种下迷人的身姿
一旦回忆与欲望掺和一起

你的身姿就该在春天里发芽吧
我要留给你一个翠绿的长吻

还记得吗　若干年前
当玄鸟飞过那片黑夜
你含笑的花枝上
陨落过一颗流泪的种子
谁知我采完天上的星星才明白
那玄鸟是啼血的我
那种子是成熟的你
在树神的生命体验中
我们都不愿失去自己

今年春天来得出奇　下种时
你以风一般明快的语言恳求我
既然我们已走到山路尽头
就站立为树吧
做一次疯狂伸展
以手为枝　以根为趾
让脱缰的林涛再塑我们
让我们还原成神话还原成种子
在喧嚣的尘世面前
掉头而去

云树之思

森林沉思的时候
我不再有思想
树呵　你的伟岸你的常青
所有森林王国的典故
都被你记载被你的灵性
　　　复述给粗野的山风听

林海深处的鱼儿游弋
绿色的波涛翻山而来
越岭而去　一次鸟变
林间就有飞翔的灵魂
紫色鸟催开的黎明中
　　　啁啾的日子在滴血

忘掉斧子的愚昧
忘掉最后一声枪响吧
三百六十五个绿月亮
已从树的年轮里升起

从我们头顶升起

　　伴随祖先的图腾

古　松

你这淋漓欲滴的春色
为何要散发为旗鼓风为歌
巍巍群山俯首时
轰轰烈烈的炮火淹死之后
升起你升起你绿色的城楼
于是血液起伏于每颗松针
每根经络
思辨的松涛穿过永恒
　　　穿过冷战的春秋

让星星以警醒的眼睛
在云树间彻夜流动吧
面对鸟禽从你的伤口里逃走
你这裹一身黑衣的农妇哟
在北中国丛林默默生长默默劳作
一排冲天的蘑菇云
　　　化作你头顶巨变的气候
四通八达的树液呀
　　　又在东西半球的胸肌里奔流

护林老人

沿着树木一圈一圈的年轮
　　走去。我要寻觅
伐木者已逝的黎明
　　寻觅一个护林人的脚音

半世纪前　他用山里人肥硕的眼泪
埋葬了自己的爱情
像抚育亲生儿女抚育出这片森林
孤独同树一起生长一起落叶归根
夜夜让赤足的太阳在林间散步
让山外那只被火枪追毁的鸟
从另一个世界里唤回　这时
林子里回旋着一个灵魂的声音
半人半神的女妖　从林海深处
　　游出一串串绿叶青枝的眼睛

仿佛走了很远很远
路，还在树纹里迂回

星随物转　四季翻青

每天森林警报响过玄鸟飞过

他又去拥抱去亲吻每个孩子每个女人

从云树从枝叶从花间的诱惑中

从羽翅与陌生松针的摩擦中

聆听树心——至善至纯的声音

孩儿的幼林

妈妈　你抚育出的那朵凌云
根系渐深
冷风拂动面颊后
谁山的鸟儿不惹一身花香
裹走一轮红日
当松毛虫和长胡子爷爷
爬进我的山舍
我是你喉咙里的声音
初展的叶片在轻轻喊你

我就是那个孩子
那个食花饮露的少女
经过雨季而离你更远
我需要太多光照
需要枝叶柔顺
遍布大地
而你就是被梦想夸张的风景
在人兽出没的林区

我繁殖着你的日子
虫蚀是一首诗吗
带着慰藉和离绪的种子
小老树的追怀
存入你的遗忘

森 林

等我走过去
你已死去多年
那些巨人的手臂
至今　挥动着我们
我们在树上劳动　休息
留下一些血肉和爱情

轰轰烈烈的年代已经过去
毛主席语录
我们记忆犹新
你的苦难
对于今天的我们
多么重要
多么重要

好久不走路了
有些双腿发颤
我得保持平衡

尽量离闹哄哄的城市远些

离铁器与耳朵的摩擦声远些

我想　世界不会走散

我　不会走散

就这样接近你

你的深处

是我临危不惧的部分

那里有我家

还有一位善良的女人

我们将在一起过平静的生活

开荒　耕种　纺织

不去伤害任何一只鸟儿

在我们周围

堆满了大好河山

动植物是唯一的亲人

那时候

我们对世界的表达方式

没有金钱　谋杀　骗局

只能是阳光　空气　水

走向森林

太阳爬山的时候
我们就上路了
车轮在空中打旋
心　又一次抛锚
你说　现代人走路不用脚了
而祖先的山路
　　　是用脚走出来的呵

走向森林
走向生命的本源
当年的伐木声远遁了
路旁的喇叭花不再吹了
那些轰然落地的号子呢
为了儿子们生长的年代
　　　真想悄悄捡起来

又闻到大山的气息了
又触到生命的律动了

树高大起来　　山的语言高大起来
一切陌生的又开始亲近起来
原本的一切一切呵
　　　森林没远离我们
　　　动物没伤害我们
　　　鸟语没欺骗我们

是的　　树液流尽眼泪之后
我们也重复过别人的血路
现在我们醒过来了
我要告诉妈妈告诉绿色的河流
我们已经回到森林
　　　找到生命的源泉

护林员之死

还是那座含墨青山
还是那个孤命老人
一直就坐在林子里
寂寞　守了他长长一生

扎根深山
还原深山
落叶　完成了绿色的葬礼
每片叶脉都将他的神话保存

有人说　死亡是无法改变的现实
为何他又走进我灵魂的眼睛
倔强地站在秋风下
守护葱茏守护月色
守护被阳光和脚迹遗忘的丛林

昼是你的灯屋
夜是你的山门

失去的日子在落叶的飘扬中升高
含泪的枝头啼醒又一个早晨

让星星睡成松果吧
让山泉睡成树根吧
让鸟声睡成巉岩吧
而这座空荡荡的人字窝棚
将他举到群山之上
举成一个不朽的人

猎人的忏悔

他从树腹里走完人生之旅
弥留时，砰然一声
击碎了那颗会呼吸的果实

断了翅膀的爱飞走了
鸟喙啄破了大山的心肌
于是流淌的血像殷红的种子
撒播在历史的不毛之地

创造一切毁灭一切
曾是猎人狂想曲的主题
当鸟市疏远了他，森林公主冷淡了他
他才猛然发现，有只大熊猫
站在世纪最尽头的胛角上沉默

面对整个民族之林的崛起
世界却被他的枪筒缩小了一万倍
当最后一颗追悔的弹丸反刍在他故事里

他终于看到枪杀后的未来

有一片静静的灾难降临

梦枕松涛

枕满目松涛
听树根延伸千万年的悄悄话
真想让久违的飞吻尽情播撒
又怕遍山都是漏走风声的枝丫

唤远方的思念拍进大山的心跳
也唤回童年不慎放走的那些知了
即使忽明忽灭的萤火点燃梦的火苗
赤脚的相思也常患感冒
风也迷惘月也悲伤

迷乱的落叶堆成了爱的假坟
青春的谎言被——埋葬
客在异乡的心最虚
最初的印象最多情也最难忘

第三辑　我在封山育林区写诗

众树的神

时常在我梦中出现的护林老人
月下老人　时光老人
像一位众树的神
将沉睡的山林唤醒
将滥伐者火焰
像一截烟头一样熄灭
一如生长森林的千年经历
用你绿种人的瓜果
开出花茎　开出畦水

目睹了大面积水土流失
陈腐的针叶刺激松弛的神经
你又是怎样挑逗着
使猎人老眼发黑
然后诱入你的圈套
用全身心找回那个灵魂
永生的果园少女
此刻升起歌曲的语录本

拂掉你皱纹里的灰尘

时常在我梦中出现的
你这迷途不知返的老人
树桩般喉头围困你
霜雪染向你双鬓
下山吧　下山吧
鸟儿的心碎落心怀
你携带远徙而来的居民
坐在孤寂和饥馑的松山上
贫穷得小屋不剩一根板凳
向晚时分的乌黑瞳仁
遍山木垛　如枝的思绪
竟然闪动一对波光的珠子
跳荡出一片古海的涛音

我在封山育林区写诗

哪一棵白桦挨我最近
我就写你
写你的年轮
和我相仿的幸与不幸经历
这样就不必要向导
小小范围尽可能看到全美
也无须隔着十万八千里
写诗
因为我是林区生长的孩子
在季节的腐败和更新面前
复杂的一切消失了
岁月正流动出火焰和热血

看不出你所迷失的东西
尘埃也不会玷污的清纯
在这无穷无悔的旅程上
羞涩的花枝相拥着
一年的故事从脚下开始了

根　也用不着离开土地

为你童年而放的歌

很难想象得出

一坡一地　被风卷入

这片林海的涛音　绿

已成为诗歌的普遍精神

并同我存留的桦叶一边追忆

山跟水　树从人格

唯有挨你最近时

你便是令我怦然心动的

一串热泪叮嘱

一次穿越自身天空的永恒

橘

我喝过你替我倒出的
诗歌的药汁
文字是唯一可口而嚼不烂的核
我仍在荒野漂游的心
重砌一座屋宇
因你来居住而确定了美和秩序

深远的灵寝中达到了你
橙黄色隐约的梦境
千年如一的芳香
久违了　吻吻我们的核
喂喂我们的金雀鸟
我们的橘　唯一走不远的亲戚

就像羊齿因被凝视而繁衍
而幻化出你十二月的心跳
门户间的呼唤听不见了
她是阳光　是秋水

是哪一只红橘上的闺女
聆听楚辞　诵诗的队列

你接受过我联想的花环
我诗歌的药汁
远离了流浪的里程
我的喉　在永生声音的
果林中醒来　我便歌唱
万金的你　万物永居的重心

绿叶的声音

并不是一组轻音乐

使山里人超俗出凡

它是林中弹拨的三弦

绿风吹过几遍了

所有古老的旧物俯下身来

贴切泥土与母亲枝干

找到叶和腋发音的部位

我才相似地发现　它和母亲们

血液相通的地方

既忠实于花果灿烂

又深情覆盖孩儿的睡眠

也许这便是叶的成就和事业

给它外貌　它就是残存的油灯下

一张张椭圆形的脸

给它泪　它就做你心灵的降落伞

有时它太虚弱

冬去春来　如游子扁舟

驾驶着阳光的碎片

又在湿云里回旋
在这蜀南起伏的丘陵呵
假若我是绿叶上一支永久的歌
那么就让我声带
像一颗晨露充实而平凡

雀巢不是咖啡

当厚厚的阔叶盖过雨季

雀巢是先民们

徘徊出的一缕古老发髻

是亲娘的胎心音

回旋处几度春秋几度飘零

哦　爱情　什么时候你来到这里

我是如此深深营造着你

不是在楼房与楼梯之间

不是泪水像眼药水一样贬值

你们相聚在一起

是一次密谈　一种呼吸

胎儿在你高尚的部位里

显露出玫瑰真情

我恋枝的思绪不断地加浓

直到我你　夜的栖所

一排猝然扑地的侧影

跌入阴森恐怖的年代里

我醒来时　已离开了你

神秘而天真的小家伙
走到六月霖雨的世界中去
走入城里人的咖啡杯里
窥探出的又是谁家房客

给大熊猫珍珍

前面是宁静幽深的竹海

放下草本的行囊去吧　珍珍

你们将是永远的伴侣

谈不上多少爱情

但有血性的土壤才有生之喜悦

也有北极星在头顶放光

轻移的脚掌　在散步之外

地都在响　都在默默地想呵

为什么五岁了不曾有句耳语

别人都说你成了野姑娘

面对火焰　耗尽了森林的力量

濒临绝迹的同胞呵

你可知道　作为国宝

为使你的家族拯救过来

与人类友善相处　相安无恙

你得继续奔跑　一生一世

一切的一切呵　抱守空气和阳光

后面是防盗门和百叶窗

是人情冷暖需要空调调剂的城市

你的长睫毛却执着地下垂

是不屑一顾　还是因文明而健忘

珍珍　我恩重于你　胜过肤浅歌唱

想你憨厚的性格　鲜亮皮毛

此时已披挂出婴儿的奶瓶

我的珍　在天空和永在的

　　　竹丛中觅食

揭示这宇宙幸存者的奥妙

而笼子里的一切是多么奢华

我锋刃的笔呵　纵有千枝

朝着那些权势的拥有者

画地为牢　指树为林之时

又怎能抵挡得住伸向大自然的屠刀

育林女工

看见那些蓝花花的浮云吗

它倚着你的背篓上山去了

不时地抬头　张望

不时将藤叶的赠言记取

选定的林区小路

已经走过命运的枯与荣

时间的背影里

还像不像从前那样

一张素手绢　一轮半盈之月

自你白嫩嫩的肩胛上升起

或许这不单单是初恋

草圃里　松鼠夸张的梦境

也有一个细腻祥和的家庭

如今　注视所有的伤口

依旧是树皮上的眼睛

透视出林木的苏醒与光明

也许这便很难想象得出

额上密密的汗珠

多次播撒的歌谣

都被你认真地标上年月

记入森林档案里

风乍起　仿佛觉得累了

在你交叉的路口

甚至就要昏迷过去

这才从一颦一动的脚趾里

联想起　身怀的重任

腹中那粒沉甸甸种子

将是另一片耐荫林的抚育

妻子的来信

邮差要隔周才来一次

微风的暖舌舔着

一页又一页的足心

汹涌的潮　沿着每束枝条

倾泻

繁花　绿叶

不是为了追赶某个时节

不是植物茎里珍藏的歌咏

它似乎一片远古时代的气息

从《诗经》的"坎坎伐檀"中来

那条通天的路途

离我很远很远的地方

林涛歇过脚　妻子掌过灯

唯有树木　诗酒

不可抗拒的引力

我深信　静默中细数

你款步而来的名字

是一只山雀或风的影子

携带水　蓝田标本的信息

诉诸树根　如同蜗牛

在深翻的花叶上絮语

越过伐木人的栅栏吧

走进深山　森林是永恒的

波涛

无数记忆　孩子和生日

恍惚一幅幅草状速写中

辨得清你的方位

和一颗对森林歌手的

爱心　抹不掉的

岁月划痕

哦　妻子　信徒　我摊开的双翼

在你通过房前屋后的树

认识天空的高度时

你得走近它

森林不是神　而是神的象征

藤　桥

幽幽山谷里

我说的是藤　或者是个老人

沿着小河弯弯的月

攀援过去　仿佛是一种日子

从他嶙峋的脊椎骨上一节节地连缀

我真不忍心走过去

尤其现在　我远离尘嚣以后

荒草伸出呼救的手指

使我付出了昂贵的信仰和信心

偶有三三两两的山民

背着盐　赤脚爬山的样子

涌动出我那谦卑的激情

但始终没有胆量来说明

在人与峰回路转之间

来回影子　曲折的眼泪和爱情

万千体验的　都是老人

或叫一根藤条缠绕我的心

草　鞋

在深山　青石板路上
一天一天翻动的
不是书页
也没有海潮的信息
穿上最朴素的鞋
脚下是光洁身影
一点一点地渗出血痕
山里人的品质
靠它记述着犁一样的生活
垦过青山　涉过绿水
几十年的遥遥无期
谁能让鞋成为家的归宿
而柏油路不曾见过
这样的鞋　甚至它太草率
在城市　交通已是一类工具
但军事博物馆里
那儿有干鱼的标本　作为象征
群游了大半个世纪

后来者是通过它

向极地攀登的

当然这是在深山

也不要打听草与绳的

某种关系　旷野里

时常映照在大地上的脸谱

直到鞋已不是鞋

它们护卫着日出前的船队

早落的果子

在林梢上拨动她十四岁
纤纤神经
一些离弃的诗绪
隐隐刺痛我的心
她还没有成熟　想把一切挽留
花草和流水舒展果的容姿
多么美好的早晨
不是缺少光和露的恩泽
不是一阵风能吹得掉的
贫困　山民们常有的
忧伤眼睛　由远而近
是一张张飘落的黄叶
假如我所遇见的人
还能像眼泪来得深刻
那么请不要让她腐烂
最好从身边的日子拿开
然后一动不动　拥抱着
这片晶莹如初的土地

林校毕业

目光渐渐照临

归来的是潮汐

是孩子滚动的心

当初的誓言　林鸟叮咛

母亲厚重的胸音呵

是一道累积三载的融融雪崩

那年的期许注定成为月亮的回忆

在林校　看见树木愈加稀少的课本

你首先想到了根

像蚯蚓在水泥地上爬的情形

一阵阵慌乱击伤了你

千里相思　日夜梦魂

森林的歌谣终于编成

就要发表在你熟悉的

山山岭岭　奔流不息的山脉

朝着那一串飘香脚印

吐出你胸中的松林

吐出嘴边常挂的大妈大伯
捡松菇的孩子回来了
有粒种子藏在心底
有青春的凭证揣在口袋里
果园　人工林　曾经浪掷的笑语
将在无限美好的展望里
接受一轮史无前例的孕育

红松果

它们分布在那里
正启示于另一种临盆景象
然后旅行回到自己的家
像天使　折叠着受伤的翅膀
有的就此圆成一梦了
何况步入秋天的树已稀少
有了腿　便在厚土中生长
在松脂的异香里
期待　回眸　飞翔

这都是小小人儿的恳求
最深的呼唤藏在我的心尖
绽裂出生动的红细胞
并不断地整装或微笑
即使平生最得意的杰作
也能欣赏　供人回味
昔时的胸怀大志
今生的大智若愚

松果翘起圆圆嘴巴
一则神话在耳畔流淌

真的　除了我们的思想
生命里还缔结过什么
美好的空气　拍击胸膛
保留着山南四野的果香
也许有的意境深远
有的停云或鸟叫
缄默的松枝呵　不图佐料
从你松翻的肌肤之上
转过身来　让我细细地
看一些岁月　暗淡或辉煌

帐　篷

最初的丘陵

恍若数年以前的肤色

它们分享着野营的烟熏和远雨

我想我是在细数岁月的小矮人

一如那么多采不尽的青果

翻山越岭去寻找她

相似于我们的爱情

恋着这绿油油的山地

该诞生的诞生了

而消失的又何必噙在眼里

那是将要离别的树吗

在荒山垭　四肢开始活动时

结伴的帐篷又要去采撷黎明

这时的故乡像一座岛屿耸立

我们的船只系住一根根标桩后

才换上砍山鞋　驱车南行

甚至对邮筒的话还没讲完

测绘工的安全又蒙上阴影

难怪姑娘们爱说

帐篷里常开迎春花的梦

纵然凋谢　也要打开酒瓶

当作一具蓝风标本

去抵达黑森林的未启之门

月亮 杉杉的衣裙

远远望去　一坡一地
和几百里泪眼汪汪的眸子
融化着你我的杉杉
倾心而恋枝的魂灵
银河下面　摆动你宽宽衣裙
无水　去沐浴你尘上叶子
抑或风　也吹不出的林涛
能献出自己的淡月
雅俗共赏的月呵
我现在是多么依赖你
向你昭示我的渴和生韵
你不只带着镰的回忆
也让世人惊醒　杉杉的伤害
将是一场无木之本

没有一点音乐的味道吗
你的歌撒落入奇幻森林
我拿出玉米和柴刀

打磨你姣好的容颜

这世界沉着的月呵

总是高悬于花萼之上

但不像那些自许的

桂冠诗人　既健谈又热烈

无数夜晚　我纵身你的元素

蹲坐在刺状的毛发下

一种希腊式液汁

绿透我的心脾我的血脉

甚至于留下绵延句子

也带着皎洁的新绿

让远在霓虹灯下的爱

瞬息间改变人工的颜色

第四辑

森森花雨或过往马蹄

遥向你的花季

想起那个春天
油菜花就在你身后
影子似的开了
千里万里　在你
刻骨铭心的时刻
引人地　挺立身躯
使一切呼啸而来的花雨
和过往的马蹄
都失去奔放意义

谁说爱　不是一场花季
梦里灿烂过几回
原是一条柔软的禾苗
总是被胸前的花篮移植

而此刻　我已沉寂下来
熟稔起那个春天
并与春天殊途同归的人群

大面积金黄

倒映在我哺育过的田野

一步步遥向你

被友爱丰收的礼品

就像我这仍在低吟的心

已盛满你篮子里的长长里程

红山茶

少年时　曾向往过

红遍山崖

红透一杯春水

任森森月光吮吸

待到如今　我的红舞鞋

依稀溜出你缤纷的花径

却原是一方舞台

一场从未谢幕的萋萋闹剧

待到浓雾散尽

越过种满新茶的预约之后

我仅能从家庭药箱

取出红霉素软体

涂抹一千次

治愈那年那月

采花时不小心　被你

　　割破的手指

这是你给予我一生的爱吗

你生命中贮满的血
一经释放便是
　　眼泪与汗液
且我慏动的身躯
伴随你的云烟袅袅超升

棉　桃

总有些愿望不能开花
总有些羞涩
　　　不肯出唇
一生中错过的灿烂季节
罗列在
散满落叶的布景

让白太阳走进你
这是禁欲者的梦
棉地里的潮声　都会
　　　连绵涌起
此生的昭示　在枝头
　　　空芜我多少眼睛

我那原本已成定格的幻象
在这无缘的一世呵
萌动着
生命的晚秋之日

亦即生命顶峰的

结籽

蚕 豆

一如你蜕变的过程
我们各怀心事
生命的许诺
深藏于方形的茎里

请求你无垠的灵魂
离别在开花之前吧
而我旷野的企盼
装饰一幅丰收君临的晚云

豆叶的记忆馋在嘴里
被你裹护的小情人
热烈而不乏含蓄
渴望身旁这丛小麦们
　　　千年一吻

你为众多植物不容
唯你充满真实的豆体

以一种探春的心情
逐渐怀疑起
爱情是否提前来过
时光的流水　流空
　　断崖的灼灼黄昏

月　季

一个个暗夜里的潮红
涌动在
你的明月举杯之际

此刻的植物们
为你常绿为你羽状复叶
昨日的箴言委在茎上
纷纷惊散月光
惊散你一身无以名状的美
这些都是我不经意的时刻
而爱情循环着我们
我要娶你回家
月月为你粉红
夜夜为我举杯明月
也许这是个无法轮回的四季
时光里重放过的花朵
将以我的雨露之躯
滋润你芬芳的土地

哪怕千百次换容

我的梦想绝不会枯萎　抑或凋谢

月亮丁香

朗朗的月光把天庭笼罩

你这暗香四动的姑娘

不结怨愁　不居雨巷

像一辆风车一匹小母马

走遍天涯路　说短也短说长则长

爱上你　比深秋的回忆还深

得到你　比登天的脚步更响

神话刚刚开始　而爱情

像不像这种植物的花

不可意会　只能观赏

奥妙就在这里

当年我凭着一缕香魂

登上月亮　满世界的芬芳

袭扰愁肠满肚的国王

我夜夜起身　吐气

如兰　如千年更生的光华

让月亮安慰寂寞

让丁香解开愁肠

天生的姐妹终究是世人的梦想

只有身披月桂上路

我想　即便是漆黑的夜呵

也要对得起一只乌鸦

玫瑰的歌声

四月的厢房　风雪中的王子

你盗走了谁的胭脂

竟染红漫天漫地的歌声

九百九十九朵玫瑰

九百九十九朵爱情

多少夜晚被唱得摇摇欲坠

多少房门被唱得掉了钥匙

哦　红玫瑰　白玫瑰

来自花园的亲姐妹

你是音乐的骑手　爱情的红蝴蝶

庭院深深　不露的品质

来自一千零一夜的信仰

于是歌声流行　爱情并不流行

你才从四月　从不知名的厢房

进入我的心灵轮回四季

使我血压升高　双耳发热

每一段旋律都是爱的起程

每一朵火焰都留下刻骨铭心的回忆

翘望高枝　你带刺的手伸向何方
满身伤痕的奇女　终生流放的王
那个敢用血液取暖的人
循着你的歌声　成为最后的明证

百合的彷徨

愿意吗　小小的山百合
合拢你圆圆的嘴巴
那匹竹马是悬崖的歌手
季节到了　他要接你回家

你是多年生的草本吗
植物们的喧哗
竟让你与世无争　静静开放
在孤单的路途变得倔强

萨克斯响了　二十一世纪的干燥
宛若你身后一坡一地的棉花
于是你唱　唱来十二个女儿
装扮成四季的新娘

百合呵　请你打开深山的怀抱
夕阳尽头的旧草帽
盘旋着你芬芳的梦想
一圈圈　分不清谁是情人的脸庞

盆地里长大的孩子

一直有片静静叶子
追忆盆地稀疏的阳光
岁月裹护的热浪
忽隐忽现　翻动果实的脸庞
它们吞噬过我饥饿的童年
在一九六一二年的天空下
面对迟来的收获和炊烟
相互梦见　家乡的宁静
母亲姿态安详

真诚地感谢命运
感谢一头枯萎的黑发
让我成熟　痛惜年华
从不摒弃山外的目光
一切都到了重新审视的时候
我身上有泥土里的生长
周围的树游过无数条鱼
月月年年　既不消失

也不愿在内心里彷徨

进入树叶才能咀嚼

信念和旧日子弯腰的力量

在这密集的巴山夜雨里

遵循祖辈　一把油纸伞的方向

收拢旅途上的一个个村庄

在远方　语言的故乡

有多少歌谣就有多少生长

伸进梦境里的根

深扎在母亲们紧抿的唇上

菜叶不曾吐露芬芳的语言

山势冲动出火的形象

一脉脉　点燃我的血浆

生命焕发的摇篮里

我将快乐生长或遍地歌唱

树　叶

阳光骤然落下
苍白美丽的孩子
哼一曲晨露上的歌
无处归宿的风
等待它将房门关好
灿然而奇特的默想
在短暂的奔跑中
抵达树木
抑或潇洒地飘落

岁月像无知的天空
一生都在寻找
它那充满渴意的手
出自鲜血　根部的抚摸
面对它纯洁的微笑
生命的颜色是扑腾的火焰
藏在鸟儿的两翼之间
季节将至的时候

谁也无法使它保持沉默

记住它的形状与脉络
会感觉一种真实存在
是我们对土地的把握
亲近　甚而触觉
经过多少冲动之后
花朵闪烁处
飘香的音乐传来
是什么以坚韧意志
移动它轻盈的脚步

暮 秋

暮秋逼近
纷扬的叶子摇响金铃
橘瓣绽裂唇上的口香
在爬满荆棘的栅栏
我心境如焚
身外坠满的世界
让每个刮风的日子
作我生动衣裙
一只翠鸟轻轻扬起

目光照临如酒
啜饮最后一滴泪
我难舍的昼夜　又一次
使黑白相间的情人颠倒
声声清丽的鸟鸣
紫色生命顾盼的呼吸
仿佛来自树影
来自人类共存的爱心

相恋的人子总是疏于忘川

止于热烈果实

在我朝它们喊叫时

声音竖起一只只悦耳

这样的瞬间经久不息

令身旁的矮树战栗不已

话语和耳畔的晨露

使我无处躲避

人生的背景推向远山

我沸沸扬扬的血液

更像你　一腔腔

接近于火的本质

通体之爱于我一身的人子啊

激情饱满的这些日子

我越过肤色的光芒照亮你

渐远渐逝的路径

伴你同走天涯

或是回溯幸福美妙的历程

夜 别

竟是那样的寒流濡染空气

一盏松油灯

移动这个沉沦的夜

雍容而大度的胳臂

摇曳下一个季节的冷暖

你体态如银

你切肤般宁静

相识的树木无从表达

花和叶子在沙丘上发不出声音

隐半裸之脸

牡鹿低低走过

睫上的跳跃　一滴滴

让人类爱情的眼睛

不断闪烁　口若离离悬河

孤单的恋人总是提前来到

总是难熬于秋霜

而泪水与心灵闭合成琥珀

花蕊涌动黎明
生命之树萌发出浓荫

我是你独放的晴空
长长青藤满溅目光和雨丝
往事伫立成林
落叶扬起的足迹里
充满无穷火焰的夜
都将在果实落下的瞬间
尽情吐露各自旅途的
一片恻隐之心

少女的三月

一尾芨芨草
吹出少女的季节
少女季节在三月
声音落地
溅起灌木群
　　目光的青翠

即使开满夜色的蝙蝠衫
沿着幻想轨迹
轻轻一滑
也将从三月的边缘
滑出成串成串男低音
　　平平仄仄的情绪

生活没有逻辑
当一切烦恼依然
我们并不去记忆
因为咀嚼后的回味

因满地满园芨芨草
躁醒那张绿色扉页上
被很多日子遗忘的三月小序

小序里站着的男子汉
一经被相思染绿
则染出少男少女的
　　后记

子夜·在公园

想你　和那些
彻夜不眠的山色一起
想你从日渐消瘦的宋词里
探出头来
含泪成痴情

冷冷的风吹拂着
树影变换的沧桑
乃至忘却
已到了回家的年龄
很亮很亮的星奔过来了
一如冉冉升起的我们
静静吸吮　心愿和
未遂的梦痕

不相信还有个远方
还有个叫刺猬的东西在呼吸
长长一生中

为什么岁月绿透的云
乍现就凋落成雨
多少许诺与柔情
就在对面那棵老树上
抽一缕明日清脆的相思

想念母亲

经历过世上最痛苦的日子
你把长长的脐带留给我
还原出我脚下延伸的路
你嶙峋的身影
是要我翻越的山吗
翻过山的女儿就可以做圣母了
最初的叮嘱
原是你隔世的风雨

当你的银河路叠成头发结
脸上深埋的记忆
遥算母女昼与夜的距离
而星子们在路上掌灯的时候
我便深知
源于母体的音乐
是永无止息的爱情

这是生命复活的季节

走进世界的头几天里

我越来越不像自己了

父亲说　你的另一个怀抱

早已交给摇篮

交给遥遥无期的森林

但我周身的血液　循环着

　　永生永世的你

睡在这棵树上灵魂纷纷扬扬

睡在祖先栖息过的地方
隔着树脸隔着这层记忆之皮
我犹如触到一颗震颤的心脏
但不知道　不知道它悬挂在什么地方

我悄悄醒来　回忆掺和着想象
明白梦里所发生的一切　明白
森林的五脏六腑　一条母性之江
载着砍伐者干枯的影子
向这棵血迹斑斑的树心流淌

这是怎样的喧响怎样的躁动呵
这股无形的力量摇撼着我
鼓动着我生命所及的远方

就要诀别树腹里的日子了
向树端生长向树梢攀援吧
鸟儿啼含苍老的眼泪说　每棵树

就是通往云霄通往天堂之路呀

翻山越岭的绿色波涛呵

　　将在那里把沉沉影子埋葬

从前我还是个孩子

从前我还是个孩子
因此而英勇　纯粹
昼时跟动物一起
做无端的游戏
在我走过的路上
常常把猿猴的爪痕留下
又在午日的梦里收回
一声尖叫过后
满嘴塞着青涩的指头

这个漫长的习惯
使我轻意忘掉了父亲
尽管下一个山头就要叩我的门
但强忍的果核
已从肚里长出一株杨桃
青涩的日子一再返光
我要打掉生虫的门牙
去偷看外婆的风景

会不会是拇指姑娘的象征

到了落叶萧萧的将来
我的胃如沉甸的果子
　　　渐渐下垂
反刍一生都无关紧要
要紧的是胎动伴随开门的声音
这种靠咀嚼的日子哟
便觉得非常幸福了
我想着在下一个地方
那时的月亮更圆更明净

过去我一直在想

过去我一直在想

想着空中大象如斯

但少年无志

岁月是数不完的小矮人

液体的时光

从眼缝中漏掉了

接着要挨冻挨饿挨日子

还要一棵树

吊着最后一口气

那棵树或者是朋友爱人的名字

或者是永生难以寻找的东西

春天里　做梦的蝶

知道风从二月里来

知道跌入尘世

就得择师择字择娇妻

择自己还是个不成大器的家伙

是因为伤口惹了祸

落魄收根的时候

以心换心

每棵树都在长我

吉祥鸟在巴掌大的小镇

扇起来　卑微举动

是做个简简单单的人

而这与今后又何其相似

久久不相遗忘

镜中的模样
已不是我
茫茫雪野之上
坟头的还魂草
老是不见绿呢
木已成舟
目——已——沉——舟

真想破镜重圆
让皱纹还原出一条野小路
好背起书包上学堂
数不清的岁月数不清的秒
都在眺望都在端详
愈合的玻璃脸上
滚出母亲的老泪两行
无须借用窗外的星光了
就躲进这幽深的小巷吧
也许　黑暗会染黑早生的华发

镜中的水银月哟
可曾照得亮我少年的故乡
镜中的模样
已不是我　我的夜晚
在云层翻动过的远方
老天在轻轻叩问
土地在默默回想

十　年

此刻正穿在我身上
一片暗褐色的斜阳
一个无比美妙的烙印和联想
迅速的秋天明亮如风
越过森林　河流　雪白的墙
每一瞬间都祈祷着表情晴朗

倘若能像微黄的灯火
垂青于枯叶唱尽的秋风下
寻到母亲从前生长黑发
成为人类古老栖居的愿望
那么　对于琥珀的我　在本质上
你整个一生交代
都泪洒那张满怀慈悲的脸庞
然而　鸟与世界相处
有过一段梦的流浪
谁的凄恻　谁的内伤
谁　曾经偷偷逃过它羽毛

乱如风中的意象　想飞
又将新鲜的事物互相珍藏
也许我们将永不知道
瞥见了真理的路　在年少旅途
斜阳卷拂的日子特别漫长

墙

这条街很长很长
很长的老街有堵墙
墙缝里留下两个阴影
　　　每晚　闪出宽淡的光

当墙的中间
睁开一双绿色的眼睛
当无望的小巷
撑开一双记忆的手掌
两个阴影私奔了
路　很响很响

这个城市有很多洋房
这个城市的街民是洋房
但街民与街民之间
都是擦肩而过的墙

很多年很多年过去了

朝着两个阴影消失的地方
有对瞳仁按老人的手语
　　久久凝望　一束塑料花
正在古墙根里
　　永不凋谢地开放

恶循环

树是静　鸟是动
　　人在静与动中超然世外
水是海　鱼是帆
　　　船在海与帆里二律背反

太阳和月亮不可能同时出现
人与神不能同住一个房间
山上有许多影子　浮现出亿万光年
鱼曾上岸　海底形形色色的脚迹
如藻类如心之苔藓　如精卫
　　　下凡于东海

在这恐龙绝迹的时代
在这神人同源的祖先
有鱼的影子鸟的影子阴阳相混的
　　　影子　使陶罐里的母系类
　　　　　　游——出——来
万事万物都在有限与无限中结束

万事万物都在永恒与短暂里出现

盛极一时的恐龙们

    又会从千百年的沉积层爬出来？

人类　该回到古海该靠向彼岸？？

      ——我会下蛋吗？？？

竹的情绪

从古诗里探出头来
以高风亮节自居
现代人写诗常因砍竹子遇节
竹在千里心在竹下
无诗可写才疯狂吻你洁身自好的童养媳

其实山风也有熠熠生辉的眼睛
既是衣带渐宽终不悔隐士隐居篱笆内
一片悠哉游哉的竹叶缤纷
也能占卜满朝落叶的历史

朋友们爱跟你开玩笑
爱拉扯住房　老婆　就业
　　　五斗米折腰之类的话题
面对一座假山公园一盆塑料竹
又会节外生枝一串串
　　　嘴尖皮厚的情绪

树之心

树很年轻

是个任性的孩子

不愿被肆虐的风雪摇曳

孤独地站在山坡上　矮人一等

树纷纷下山去了

栖息一身的鸟儿四散逃去

众树开始于人行道流浪

在日与月的任意摆弄下

　　成为黑森林遗弃的影子

树很灰心

想让春雨催促那些迟钝的根芽

但生命之皮已被层层剥去

于是树逢人便说

谁都可能有千百次选择

也可能找到一把森林的钥匙

但唯有脚下的泥土

　　才是真实的

寻根梦

三更既过　古人打着灯笼上路
总是担忧仕途坎坷
　　怕丢在启明星身后
其实更古更古的人
　　还在月亮里睡懒觉
过去一些时候
街上已没有古人
怀才不遇的现代树围过来
自流动的更声里寻到了什么
古人消失之前
从捻胡须的矜持中
　　又像悟出些什么
古人的头很快从月亮里缩回来了
即使古人把胡须捻白了
　　也没有把它数清过
现代人却在寻发根与脚跟的时候
　　丢了自己的手脚

生物链

叶色变淡
植物的胚芽
自梦游的毛孔里
产生活跃的呼吸活跃的时间

树的感光鸟的感温人的感觉
一旦沐浴在东方太阴里
便意味着对光明的恳求
未来的急切倾谈

森林也有沉思的时候
植树鸟显影的主题和场面
随便从猎枪口进进出出
没交门票没道再见
新的假大空
住满了思维的房间

钥匙在哪里守梦人在哪里

穿过树脉穿过肉体
揭示未知揭示灵感
生物链上的每环邂逅
风流出一座座人性的花园

硅化木

纵然深埋在地下
也要以树的形象
同岩层争夺生存的空间

没有太阳绝不腐烂
没有风的追逐云的呐喊
也要躲进时间的租界里
完成对生命的超然

当历史被地壳默默变迁
当过去与未来急需对话
你作为一种见证一种理解
站在现实的广角镜下
硅化了创世纪的桑田

猎人梦

在思想最易集中的地方
坐定想象　记忆去狩猎
原始林筑就生命的篱墙
不甘夷平不甘消遁不甘厮杀
一张虎豹床一林世纪忧伤
杀生的优美思想
使一种古朴愿望
深切再现鸶鹰盘旋的梦想

相信梦幻无所不能
深信先知无所不见——
先祖的枪柄上有个罪恶游荡
面对苦囚者的那只独眼
面对千百年来混沌如初的太阳
把最后一颗绝望的弹丸
交给森林公主交给天光地光
去完成黎明前的东方预言里
　　那片钢蓝色的疯狂

处女林

那个封山育林的女子
封锁了老处女的秘密
不孤独无性欲　满山根络里
有她纠缠不清的野男人

在性的饥荒年月
她向大山赤裸过众树的贞洁
一串开山号子一道强奸目光
伐倒一片直窜云汉的生命
从此守寡从此朝拜苍穹祭起的圣坛
将黑森林还原成神话还原成原始

风信子盗走躺在她床上的日子
刺猬们替她筑就一道人性藩篱
心灵呼唤出的那片桃林又嫁到山外去了
唯有她的虔诚她的奉献才嫁来嫁去
最后又嫁回野山沟里

她不认识草莓的属性
深夜里偶尔让相思去狩猎
但从没犯过清规涉入男人禁区
许许多多山民不理解她
她却懂得山外许多不敢公开的事情

采茶歌谣

采茶采故乡
采茶采过牛羊　栅栏外
浣衣的手　修长的臂
犹如黄金与白玉的家当
蓄满杯子　澄澈床前的月光

风行于高高山坡
水止于宽宽脸颊
低矮的茶树　兴奋的身子
舔着发苦发绿的舌头
三月的茶歌唤回指尖尖的亲娘

想开花就开在屋里吧
以乳汁喂养婴孩　以露珠
善待茶坊　而茶到底是一种汉字
读的人多了　微笑或不语
也能相数春秋　落落大方

171

山上采茶山下绣花

绿水深处把身插

白云朵朵打亲家　故乡哟

是谁家的姑娘　将我泡成一杯

城里的凉茶　过滤别人的时光

我的小鸟

我的生活　是一群
活蹦乱跳的小鸟
每当我走进教室走进鸟笼
小鸟都把我和讲台
当成一株树丫
使劲地攀缘我的目光我的童话
我为这曾取回外调的申请
储蓄了更多风雨更多的阳光
渴求我的每片绿叶每束枝丫
都藏有他们啄不尽的理想啄不尽的微笑

我的歌谣　是一曲
叽叽喳喳的小鸟
周末小鸟们爱办音乐舞会
爱把我当他们的特邀代表
寒暑假贪玩的小鸟
不做作业不看电视
整天给月亮捉迷藏

给星星们下弹子棋

给生气的妈妈打响指说些悄悄话

我的小鸟呀　　即便要飞翔

也没有少年维特的烦恼

我骄傲　　我夜夜歌唱

因为树的未来因为森林的向往

是一群刚刚披上智慧羽毛

展翅高飞展翅高飞的小鸟

绿满青城

一座青山所呈现的景象
以2400米的海拔超越它自身
那些来自天堂的草叶
怀揣一身氧气
以携带万物的元素
和绿的品质　让阳光
温润孤高的花期

属于高山与流水的日子
静静地朝圣冰雪的洗礼
当灵魂依旧翠绿
一次临风茅亭
一回道观飞雨
幻想的藤蔓四野滋长
岩石的幻境令人心旷神怡
唯有那轮古典的山月呵
逾越千年　承载爱情
几经风雨后山门紧闭
竟让所有的青果染上少女的眸色

高高的灵魂

冷风吹动遥远的屋脊

无声无息的时光

如今都流向了哪里

平民的屋宇

面山而居的人子呵

直到沉默　直到坚韧中醒来

那隐约的门庭

为谁而开

谁又是它那诚实的主人

依旧是辛劳　是期许

那些高高垒起的灵魂

驰骋于千里浮云

怆然驿站　独对孤影

为何青鸟去而不归

唯有老墙上那三两朵鲜花

说出不为人知的秘密

老屋的心事

早已忘却来路
从命运的某一时刻
打开翘飞的屋宇
天空总是站在高处
窥视容颜苍老的处境

风起时　屋内的主人
谈论些什么
呼喊千里草原
呼喊这来客
是谁带回马蹄　带来寻觅
不可捉摸的故事
完成于早出晚归的迢遥里

依旧是再度游离
当积雪被阳光之手掠去
石头盛开的花朵
吐露出老屋的心事

独步荒野

背负青天与祥云
谁能拒绝山谷的呼应
当一切喧嚣锁进内心
沉缅的思绪便在纷乱中纵横
有谁长啸　有谁回眸
尘世中的苍生呵
是一群马　扶持着我们
站立在暮色荒野

期待已久的驰骋
超然独立的英雄本色
还有什么胜负可言
漂泊者无尽的旅途
靠如此丰富的沉着
心　已长出烈马长鬃
该将什么坚持又该将什么放弃
跨上梦寐的夕阳吧
作一首凌空千里万里的绝句

岁月的问语

赶路的日子如一串钥匙

悠然遥向岁月之旅

啜饮清冽的泉

两眼绽放凝泪的红月季

谁能扶正那些夜色

又默守住久违的秘密

蓝天业已疯狂

悬崖上　枯藤如风

一行孤寂徘徊山野

无数寻觅拾尽了心路的疲惫

当时间定格才恍然大悟

人生无非是一些偶然的伞雨

点点滴滴无不被上苍拷问

而伞柄又常常握在别人手里

总是那片循循善诱的天空

让出墙的红杏或青果

自一个个失眠之夜苏醒

所有的伤痛被流水驱赶而行

月光如刀片般翻转

平淡情节　谁能告诉我

褪尽红颜的月季们

使出入季节深处的鸟儿

丢失在人约的黄昏